C'est pas la mort

Une enquête littéraire

de PATRICE VAN EERSEL

XXI Bis

À Babou et Sissondélé

« Il y a entre toi et moi une adorable barrière.
C'est ta mort qui l'a construite. Son bois est du silence.
Il n'est pas épais. Un rouge-gorge s'y pose. »
— Christian Bobin, *Les Ruines du ciel*

UNE RÉVOLUTION DE CIVILISATION

—

Ma chère amie,

Mais quelle guêpe t'a piquée ? Ou plutôt, *sorry*, quel ange t'a inspirée ? Me remettre, quarante ans après, sur la piste de la fin de vie et des expériences très spéciales que l'on peut traverser à l'orée de la mort, je ne crois pas que j'y aurais songé par moi-même. À l'époque, cela m'avait conduit, après de longs reportages pour le magazine *Actuel*, à publier un bouquin, *La Source noire*, qui avait connu un certain succès.

Quand tu m'as contacté, je n'enquêtais plus depuis longtemps, tout en me croyant informé – comme on peut se figurer être au courant de l'actualité en ne lisant que les gros titres des journaux. Cette blague. J'étais à mille lieues de me douter qu'une révolution grondait à nos portes. Une révolution de civilisation. Remettant en cause pas moins de deux mille cinq cents ans de philosophie – et de toutes les pratiques qui en ont découlé. Mais je ne voyais rien. Merci de m'avoir incité à repartir sur le terrain.

Mais tout de suite, laisse-moi te conter une coïncidence qui aurait dû secouer mon somnambulisme, si je n'avais dormi encore trop fort.

Début 2019, une femme m'appelle et me demande si je serais d'accord pour animer avec elle le colloque « États de conscience aux frontières de la mort ». Elle s'appelle Laurence Lucas Skalli, est psychiatre et psychanalyste de formation, et a exercé différents métiers avant de décider de se consacrer à alerter ses confrères et à inciter la médecine française à s'ouvrir au champ immense de l'étude de la conscience et de son impact sur la guérison. De la conscience en général, éclairée non seulement par l'exploration – brillante et laborieuse – du cerveau, mais aussi par l'écoute attentive du témoignage de millions de personnes ayant traversé des aventures éblouissantes. Si éblouissantes que leur vie en a été métamorphosée.

En tête de ces aventures – mais pas seulement, tu verras – se trouvaient ce que nous appelions dans les années 1980 les NDE pour « *near-death experiences* », et qui ont été baptisées depuis, en français, EMI pour « expériences de mort imminente ».

Laurence Lucas Skalli avait réussi à convaincre du beau monde. D'éminents profs de médecine et plusieurs chercheurs renommés dans d'autres disciplines devaient intervenir dans son colloque, en des lieux très officiels, à Paris, capitale mondiale du scepticisme matérialiste. Mon étonnement allait redoubler en découvrant d'innombrables initiatives du même acabit à travers tout le pays. Soudain, à moi qui travaille depuis quarante-cinq ans en tant que journaliste sur les relations entre le corps et l'esprit, il est apparu que notre société se rouvrait à nouveau. Mais, à ce moment-là, une fois le colloque passé, je replongeais dans le train-train sans plus creuser. Il a fallu ton invitation à vraiment travailler pour me réveiller.

Les sociétés respirent. Elles s'ouvrent et se ferment au fil des décennies. Quand Georges Pompidou a été élu président, en 1969, il était déjà très secrètement malade et aurait demandé une enquête sur les conditions de la fin de vie en France. J'ai cherché en vain le rapport qui en serait issu. On dit qu'il s'est perdu. Quand François Mitterrand a été élu à son tour, en 1981, il était également – très

La personne raconte
avoir été habitée
par un calme, une
sérénité, une clarté
d'esprit comme
elle n'en avait
jamais connu.

secrètement lui aussi – malade. Il s'est intéressé à la fin de vie et a pu donner leur coup d'envoi aux premières unités de soins palliatifs en France, guidé de près par la psychologue et psychanalyste Marie de Hennezel. C'est à ce moment-là que j'ai eu la chance de publier mon livre – avec l'appui de tous les médias, alors que je les voyais déjà m'assassiner. Au même moment, le cinéaste Bernard Martino diffusait, quatre vendredis soirs de suite, en *prime time* sur TF1, sa grande série documentaire *Voyage au bout de la vie*. La société française s'ouvrait. Nous surfions sur une vague collective sans même nous en rendre compte.

Les esprits se sont-ils refermés dans les années 1990 ? C'est possible. Mais pour se rouvrir ensuite. La preuve : les deux spectaculaires « Rencontres internationales sur les expériences de mort imminente », organisées en 2006 à Martigues et en 2013 à Marseille par Sonia Barkallah, l'inénarrable ambulancière devenue journaliste, dont je te parlerai plus loin. En tout cas, jamais les mentalités n'ont été aussi ouvertes qu'aujourd'hui.

Mais avant de poursuivre, je t'entends me demander de définir un minimum cette fameuse EMI, pour les – sans doute assez rares – lecteurs qui ne seraient pas au courant.

Voilà une personne dont le cœur a cessé de battre. Accident, opération qui tourne mal, accouchement trop violent, suicide… dans toutes les autres civilisations que la nôtre, elle n'aurait aucune chance de survie. Nous sommes des veinards, les techniques de réanimation modernes sont époustouflantes. Grâce à elles, après un temps qui peut dépasser un quart d'heure, le cœur repart. Les soignants soufflent – on l'a échappé belle –, sans se douter que, parfois, la personne ranimée vient, elle, de vivre l'expérience la plus folle de sa vie. Dans les cercles passionnés par la question, on parle désormais d'« expérienceurs », mot lourd mais pratique, inspiré de l'*experiencer* anglais qui désigne celles et ceux qui ont vécu une EMI.

Plusieurs échelles tentent de décrire l'étrange phénomène. Avec ses seize critères, celle du psychiatre Bruce Greyson fait encore autorité chez les spécialistes. Je préfère, à ce stade, celle de mon ami, le psychosociologue Kenneth Ring, c'est la plus simple, en cinq étapes seulement. Première étape, que vivent 99 % des expérienceurs : la personne raconte avoir été habitée par un calme, une sérénité, une clarté d'esprit comme elle n'en avait jamais connu – contraste inouï avec la souffrance et la panique traversées juste avant. Deuxième étape, partagée par beaucoup, qui est celle qui frappe le plus les imaginations et que les scientifiques cherchent le plus à expliquer, généralement pour l'invalider : la personne dit s'être vue depuis l'extérieur d'elle-même, flottant par exemple au plafond, d'où elle contemplait, ébahie mais tranquille, ceux qui s'acharnaient à ranimer son pauvre corps. Troisième étape, déjà un peu plus rare : la personne s'est sentie se déplacer dans un vide, un tunnel, un espace infini, où lui sont apparues les figures souriantes de disparus chers à son cœur. Quatrième étape, encore un peu plus rare : au fond de ce vide, elle dit avoir aperçu une lumière *« irradiante d'amour »*. Cinquième étape enfin : la personne raconte qu'elle a pénétré dans cette lumière et s'est sentie *« revenue à la maison »*, dans un éblouissement indicible d'amour, et de connaissance. Comme habitée d'omniscience, elle prétend qu'elle *« sait tout »*. Mais quelque chose ou quelqu'un l'avertit que son temps n'est pas venu. Avec réticence, elle réintègre son corps, comme un scaphandre de plusieurs tailles trop petit. Autour d'elle, les réanimateurs applaudissent : *« Hourra ! Le cœur se remet à battre ! »* Le cerveau de la personne est à nouveau irrigué. D'ailleurs, voyez, elle se réveille.

Il y a trente-six façons de *« partir »* puis de *« revenir »*, mais jamais, jamais, la personne n'oubliera. Flash-back pour moi très émouvant : ce bon gros flic de Chicago, que j'ai interviewé pour mon livre. En me racontant, il s'était mis à pleurer. Son EMI, il l'avait vécue vingt ans plus tôt. Mais on aurait dit que ça s'était passé la veille. Depuis, tout son système de valeurs avait changé. Il était resté policier mais exerçait son métier avec infiniment plus d'altruisme, ayant *« charnellement compris*, me disait-il, *que tout se joue dans les détails et que ce que nous faisons aux autres, nous nous le faisons à nous-même »*. Depuis, il n'avait plus jamais eu peur de mourir.

Tu peux rester sceptique aux premiers témoignages, ma chère amie. Au dixième, tu craques. Quelque chose élargit ta poitrine de l'intérieur. Qu'est-ce donc ? Rêve ? Hallucination ? Voyage dans une autre dimension ?

Ce qui frappait énormément Kenneth Ring en 1981 – il venait de fonder l'IANDS, l'International Association for Near-Death Studies, avec son ami John Audette, depuis leur QG de l'université de Storrs, dans le Connecticut –, c'est que cette expérience extraordinaire, certaines personnes lui disaient l'avoir vécue simplement suite à une énorme frayeur. Ou, mieux, sans courir

Avec réticence,
elle réintègre
son corps, comme
un scaphandre
de plusieurs tailles
trop petit.

le moindre danger. En méditation. Ou en se promenant dans une prairie. Ou en faisant l'amour ! Et des yogis canadiens lui avaient écrit que, pour eux, ce qui était rapporté là ressemblait furieusement au grand *« éveil cosmique »* auquel ils aspiraient tous leur vie durant : la plus grande des *« montées de kundalini »*, ce surgissement énergétique qui monte du chakra du sexe jusqu'à celui du crâne, avant de fuser vers le ciel.

Se pouvait-il alors que la mort, ou plutôt la presque-mort – puisque ces expérienceurs avaient finalement survécu – ne soit qu'une occasion, un prétexte, un contexte où il était possible de vivre une expansion extrême de ce que nous avons coutume d'appeler « conscience » ? En ce cas, n'aurait-on pas plutôt dû appeler ce mystérieux jaillissement une ECI, pour « expérience de conscience imminente » ? Et profiter de ces récits aux abords de la mort pour isoler cette mystérieuse conscience à l'état pur ?

C'est sur ces interrogations immenses, venues de chercheurs plutôt américains, que s'achevait mon livre en 1986. Une aventure dont ma vie était sortie changée – et qui m'avait d'abord beaucoup fait pleurer. C'est ainsi : si tu ne pleures pas, sur les autres mais d'abord sur toi-même et sur ta mort inéluctable, tu n'approches pas réellement la zone finale.

Une forme de routine avait ensuite peu à peu insidieusement émoussé le tranchant de ma lame. Je savais bien que la recherche scientifique progressait. Grâce à des technologies d'observation du cerveau de plus en plus admirablement pointues, toute la gamme des états modifiés de conscience, du rêve à l'hypnose et de la méditation au coma, continuait de livrer d'innombrables secrets. Mais la conscience confrontée à la mort restait bien pauvrement lotie dans les labos. Les philosophes pouvaient toujours se poser la question. Les sciences neuropsychologiques, elles, piétinaient. À moins que…

PARIS, CAPITALE MONDIALE DU SCEPTICISME

—

Début 2020, alors que la pandémie de Covid ne nous avait pas encore confinés, les organisateurs du colloque « États de conscience aux frontières de la mort » annoncent vouloir se ressaisir de tout le mystère de l'EMI. Le rassemblement doit se tenir dans le cadre de l'université de médecine de Paris. Avec à l'affiche, je te l'ai dit, des profs ou personnalités éminentes, comme le généticien Axel Kahn, le physicien Étienne Klein, le psychiatre Amine Benyamina, le cancérologue Alain Toledano, la gériatre Sylvie Cafardy, le philosophe Michel Bitbol, la psychologue et psychanalyste Marie de Hennezel, le professeur d'éthique médicale Emmanuel Hirsch, l'écrivain Alexandre Jardin et une bonne dizaine d'autres, qui apparaîtront au fil des pages.

Tous d'accord pour réfléchir ensemble au fait que, aux frontières de la vie, la conscience s'avère infiniment plus insaisissable que tout ce que la science a supposé jusque-là.

Pour présider l'événement, Laurence Lucas Skalli a réussi à convaincre une personnalité mondialement connue : le neurologue Steven Laureys, fondateur du Coma Science Group au sein du Giga Consciousness de l'université de Liège où il est professeur. Un lieu de recherche transdisciplinaire unique en son genre, où le mystère du lien entre cerveau et conscience se trouve exploré sous tous les angles. On a vu le visage de Steven Laureys à la une des magazines scientifiques et dans des émissions télévisées : c'est lui qui a posé un casque à électroencéphalogramme sur le crâne du lama bouddhiste Matthieu Ricard et sur celui de la néochamane Corine Sombrun, pour essayer de comprendre ce qui se passe dans les réseaux neuronaux d'un grand méditant et d'une femme capable d'entrer volontairement en transe. Au quotidien, Steven Laureys étudie les cerveaux des personnes en état végétatif, ou atteintes de troubles neurodégénératifs, ou bipolaires, ou très dépressives, ou à l'agonie.

Quand je l'avais rencontré la première fois, sur un plateau de télévision belge, en 1990, la sortie de

Aux frontières
de la vie, la conscience
s'avère infiniment
plus insaisissable
que tout ce que
la science a supposé
jusque-là.

mon livre était encore fraîche et Steven Laureys, très souriant, m'avait gentiment boxé et envoyé dans les cordes. Toutes ces histoires d'EMI allaient forcément bientôt être élucidées. De multiples explications se présentaient à lui : manque d'oxygène, effets des anesthésiants, courts-circuits entre différentes zones corticales et surtout jeu subtil des neurotransmetteurs, ces cousins des drogues qui modulent nos vies intérieures. C'était évident. Pour Steven Laureys et ses équipes, le postulat de base était celui de tous les neurologues du monde : le cerveau produit la conscience – ou, si tu préfères, celle-ci émerge de la complexité de notre système nerveux. Sans cerveau, pas de conscience, et vivre une expérience réellement *« hors de son corps »* est juste impossible.

D'où ma stupeur quand je le revois en 2020, ouvrant le colloque. Steven Laureys s'est visiblement beaucoup transformé. Il n'a certes pas renoncé à explorer le labyrinthe dingue de notre cerveau – ce serait idiot, l'outil transdisciplinaire qu'ils ont mis au point à Liège est fantastique. Mais au bout de longues années de recherches acharnées, les mystères de la conscience n'ont fait que s'étendre et se multiplier. En scientifique, Steven Laureys reconnaît d'abord les faits. S'ils sont nombreux à ne pas coller avec la théorie, c'est que celle-ci doit être revue. Peut-être pour mieux réfléchir aux nouvelles hypothèses possibles – et pour mieux méditer, pratique qu'il a découverte au cours de ces années –, l'illustre chercheur est momentanément parti travailler au Canada, laissant la direction de ses équipes liégeoises à son assistante, la neuropsychologue Charlotte Martial.

Elle aussi participe au colloque. Sa présentation PowerPoint des statistiques de centaines d'EMI, dûment classées suivant l'échelle de Greyson et comparées à d'autres expériences – notamment celles de personnes ranimées d'un arrêt cardiaque mais n'ayant connu aucun voyage extraordinaire – est frappante de clarté et de rigueur. J'y reviendrai.

Petite marche arrière pour préciser : ce colloque devait avoir lieu au printemps 2020. La pandémie de Covid l'a repoussé à l'automne, où il n'a pu se dérouler qu'en visioconférence, non plus sur un week-end, mais sur une semaine. L'un de ses objectifs était d'annoncer la naissance de la fondation Médecine et conscience, qui sera rebaptisée Conscience sans frontières. Pour réveiller les esprits sur les questions soulevées par l'exploration et le dépassement des frontières de l'esprit. Et recueillir des fonds pour financer le maximum de recherches.

Par exemple, celles du Coma Science Group de Liège. Le moins que l'on puisse dire est que cette récolte a pour l'instant été prodigieusement… maigre. Que les *big pharma* s'en contrefichent semble clair. Mais les États ? Resteront-ils claquemurés dans le conservatisme et la peur ? Faudra-t-il faire appel à Elon Musk ?

Non, je plaisante.

Venons-en plutôt à notre révolution de civilisation, ma chère amie éditrice.

LE THÉÂTRE DE LA MORT FAISAIT RELÂCHE

—

Au XIXe siècle et bien plus encore au XXe, détrônées par les prodiges de la médecine scientifique, les religions ont dû lâcher leur monopole millénaire. Face à un accidenté grave, qui de nous crierait encore : *« Vite, un prêtre ! »* ? Même chez les intégristes. Pareil pour les rabbins, les imams ou les lamas. Le Samu est tellement plus fiable. Bien que fondatrice de notre humanité – les anthropologues estiment qu'une bonne façon de dater l'avènement des « vrais » humains est la présence de tombes, marquant la prise de conscience de notre mortalité –, la mort, le plus vieux des théâtres du monde, fait relâche. Car la prise en charge de la fin de vie par la médecine s'est vite doublée d'un tabou. Mourir ? Vous n'y pensez pas ! Dans le meilleur des mondes matérialistes, nous avons la technique, le remède, le vaccin.

Pourtant, pendant et après les horreurs de la Seconde Guerre mondiale – à cause de ces dernières –, les rideaux du vieux théâtre de l'art de mourir ont été entrouverts. De force. Par des femmes.

Des femmes. Parfois médecins, souvent infirmières ou aides-soignantes.

Tu t'étonnes ? C'est ainsi : dans les années 1970-1980, quiconque observait nos sociétés tentant de s'affranchir du tabou de la mort ne pouvait qu'être frappé par un partage sexué des tâches.

De Cicely Saunders à Elisabeth Kübler-Ross, en passant par leur cohorte de filles et petites-filles – chez nous, Michèle Salamagne, Renée Sebag-Lanoë, Chantal Hægel et tant d'autres –, le fait est que l'art ancien de nous accompagner les uns les autres dans les derniers instants a été réinventé par des soignants de sexe féminin. Des femmes agissant de façon pratique et compassionnelle : soulageant ta douleur, écoutant ta souffrance, acceptant ta peur, tenant ta main. Chemin faisant, elles découvraient mille et un secrets, parfois étonnamment ensoleillés, sur la conscience au bord du grand vertige, mais les gardaient généralement pour elles, tant ils contredisaient la voix des grands professeurs mâles.

Ce n'est qu'ensuite, très clairement, dans les années 1970, par une sorte d'acte II de cette révolution, que sont intervenus des chercheurs de sexe masculin. De Raymond Moody à Kenneth Ring, en passant par Michael Sabom, Bruce Greyson, Pim van Lommel et une foule d'autres – en France, Louis-Vincent Thomas, Jean-Pierre Jourdan, Didier Dumas, Jean-Jacques Charbonnier. Ces chercheurs, venus de toutes les disciplines, comme légitimés par le très féminin acte I, se sont passionnés, de façon rationnelle – et j'ajouterais spéculative et jubilatoire –, pour les étranges états de conscience limites.

Ô attends, je sais, j'entends tes cris de protestation. J'ai lu Françoise Héritier – que j'ai eu la chance de connaître à la fin de sa vie. Je me doute bien que ma façon de présenter le féminin et le masculin te choque. Tu me diras sans doute : *« Si ce sont des femmes qui ont rouvert le théâtre-de-la-mort-qui-faisait-relâche, c'est parce que tel était le rôle que la société patriarcale leur assignait. »* C'est fort possible, mon amie. Je ne fais que platement te dire ce que j'ai vu de mes yeux. C'est tout.

Or, justement, quarante ans plus tard, tout a changé. En 2022, l'accompagnant le plus pratique et compassionnel que ma nouvelle enquête m'ait permis de rencontrer est sans doute le cancérologue

Alain Toledano. Ce médecin à l'institut de radiothérapie et radiochirurgie Hartmann est le fondateur, à Levallois-Perret, de l'étonnant institut Rafaël, un établissement de l'*« après-cancer »*, à la fois privé et gratuit, où s'applique enfin la médecine intégrative que l'on attendait depuis si longtemps : le laboratoire d'analyse génétique y côtoie la salle de méditation, le cabinet d'acupuncture et l'atelier d'art thérapie.

Alors que des chercheuses se sont emparées à bras-le-corps de l'énigme de la conscience en l'analysant de la façon la plus rationnelle – non sans jubilation elles aussi –, auscultant les cerveaux à l'aide des techniques les plus avancées, de l'IRMf à la magnétoencéphalographie, ou au PET-scan. La personne la plus représentative de la montée en puissance des femmes dans la recherche sur cette question est certainement Charlotte Martial, la neuropsychologue dont je te parlais précédemment, du Coma Science Group de la faculté de médecine de Liège.

Bref, les énergies féminines et masculines se sont mélangées, et cela prouve, je crois, que la société a globalement intégré le nouvel « *art de mourir* » pour reprendre le titre d'un livre de Marie de Hennezel et Jean-Yves Leloup.

Tu en connais beaucoup des hallucinations qui produisent cet effet ?

Mais au stade où nous en sommes, je voudrais tenter de te faire comprendre comment, face à une EMI, un médecin classique peut voir toutes ses certitudes s'effondrer.

Encore jeune interne, le Britannique Sam Parnia a été secoué par la mort subite d'un patient haïtien avec qui il avait sympathisé. C'était en 1995, il avait 22 ans et faisait un stage à l'hôpital Mount Sinaï de New York. Un jour, interrompant leur conversation, Sam Parnia s'était éloigné pour chercher un médicament. Et voilà que l'infirmière le rappelle d'urgence : l'homme est mort. Le futur médecin accourt et n'en revient pas. Mort ! Comment est-ce possible ? Cinq minutes plus tôt, ils conversaient encore. Sam Parnia n'est pas religieux mais une question explose dans sa tête : la conscience de son patient s'est-elle néantisée en une seule seconde ? Ça le trouble. Heureusement, il y a la science. Il y croit à fond et comprend alors que l'interface cerveau-conscience sera dorénavant son thème de recherche. Il devient anesthésiste, se spécialise dans la réanimation. Endormir et réveiller des milliers de patients va forcément l'aider à comprendre.

Grande sera sa déception.

En fouillant les différentes zones du néocortex et leurs sous-couches, ses pairs découvrent bien sûr des milliers de choses. On peut notamment calmer, voire guérir, toutes sortes de troubles. Et provoquer des réactions de plus en plus fines ; ouvrir, fermer et surtout réparer les fenêtres sensorielles, internes ou externes ; améliorer ou abîmer la mémoire. Voire anesthésier par des mots : assister à une opération à cerveau ouvert sous seule hypnose est une expérience mémorable. On constate par ailleurs qu'une psychothérapie modifie objectivement certains réseaux neuronaux. Et aussi que la moindre *prise de conscience*, même d'un détail, mobilise une trentaine d'aires corticales, sinon toutes. Mais la conscience elle-même, c'est-à-dire la *présence* de son patient haïtien, qu'est-elle devenue ?

Rien du tout, hélas !, lui soufflent ses maîtres. Elle s'est bel et bien dissoute dans le rien.

Tous ne sont cependant pas d'accord. À mots couverts, certains lui parlent d'un phénomène étrange qu'un psychiatre américain a baptisé, en 1976, « *near-death experience* ». Nous sommes en 1997, deux ans après la mort du patient haïtien. Sam Parnia vient d'être recruté au service de soins intensifs du grand hôpital de Southampton, dans le sud de l'Angleterre. Surprise : son patron, le docteur Peter Fenwick, ne se cabre pas quand il lui parle du phénomène étrange. Ils en rediscutent même parfois.

Le temps passe. Un jour, Sam Parnia se lance : si l'expérience de mort imminente existe vraiment, il doit bien y avoir un moyen de l'étudier scientifiquement, par exemple en recoupant les récits des patients qui, alors que leur cœur a cessé de battre, prétendent s'être retrouvés *« hors de leur corps »* et avoir assisté à leur sauvetage depuis *« au-dessus »*. Sam propose de placer des cibles – dessins, photos, mots – surplombant les blocs opératoires de l'hôpital, qui ne seraient visibles que depuis le plafond, pour vérifier si ce que les patients disent est vrai. Fenwick approuve. Et Parnia lance officiellement son projet « Aware ». Il va connaître de grosses surprises.

D'abord, plusieurs confrères lui avouent que des patients leur ont déjà rapporté des récits d'EMI – mais qu'en faire ? La plupart se disent intéressés par les tests et acceptent que Parnia place ses cibles au plafond de leurs blocs – cent cinquante cibles en tout. La rigueur scientifique veut que l'affaire reste top secret. Même vis-à-vis des infirmières. Le docteur Parnia pose ses installations le week-end. Mais une infirmière plus curieuse que les autres évente le coup. En un rien de temps, tout l'hôpital est au courant. Puis toute la ville. La presse se précipite. À son grand dam, Sam Parnia devient une célébrité alors qu'il n'a pas mené la moindre recherche.

Bombardé de milliers de lettres témoignant d'EMI diverses, le médecin décide d'orienter ses efforts autrement. Un à un, il examine les arguments habituellement avancés par les neurologues pour tenter d'expliquer le phénomène.

Responsable d'une grosse unité de soins intensifs de l'hôpital de Southampton, il est bien placé pour jauger. Ne considérant que les cas où le cœur du patient s'est vraiment arrêté, il sait fort bien qu'en quelques secondes le cerveau aussi s'arrête, du moins, privé d'oxygène, se met en état de veille. Quand l'incident dure longtemps – jusqu'à quarante-cinq minutes –, il est évident que seules les structures nerveuses les plus archaïques palpitent encore un peu au fond du crâne, sinon la personne serait définitivement morte. Mais comment prétendre que ce « peu » de vitalité corticale puisse expliquer qu'au même moment la personne dise avoir vécu le moment le plus fort de son existence – ultralucidité, souvenirs confondants (certains revoient l'intégralité de leur vie), amour total, contemplation mystique, connaissance inouïe... –, et qu'elle ait vécu un voyage qui métamorphose son système de valeurs pour le restant de ses jours ?

Hallucination ? Tu en connais beaucoup des hallucinations qui produisent cet effet ?

Certes, en titillant le gyrus angulaire droit du cerveau d'une femme épileptique, le neurologue Olaf Blanke, de Lausanne, annonce à la même époque que sa patiente a eu l'impression de *« flotter hors d'elle-même »*. Cette zone du cerveau encode notre sensation d'exister et la position de notre corps dans l'espace. Chez cette dame, le phénomène a juste été ressenti comme *« bizarre »* et n'a strictement rien changé à sa vie.

Et si c'était l'anoxie, la baisse de la quantité d'oxygène que le sang distribue aux tissus ? Sam Parnia rassemble toutes ses connaissances et doit se rendre à l'évidence : la chute brutale de l'alimentation du cerveau en oxygène, régulièrement évoquée par les neuropsychologues, ne peut logiquement rien expliquer de l'EMI. L'excès de CO_2, de potassium ou de sodium dans le sang, provoqué par l'anoxie, non plus. Même chose pour les sécrétions d'adrénaline, de noradrénaline ou de vasopressine qu'entraîne l'arrêt cardiaque. Quant à l'excitotoxicité due à la libération trop massive de glutamate – un neurotransmetteur qui normalement stimule la matière grise –, elle endommagerait les neurones plutôt que l'inverse. Je te résume ici très schématiquement les longues analyses du docteur Parnia, expert en réanimation.

En bref, pour lui, évoquer les différents effets physiologiques de l'arrêt cardiaque sur le cerveau ne peut pas expliquer l'énigme de l'EMI. Le médecin de Southampton est obligé de démonter un à un les arguments supposés rationnels, mais en fait très idéologiques, de ses confrères. Il s'en rend compte : l'affaire est énorme.

En décembre 2001, il découvre dans *The Lancet*, la plus célèbre des revues médicales, l'article explosif du cardiologue hollandais Pim van Lommel, qui a réussi à interroger les victimes d'arrêt cardiaque de dix hôpitaux. Résultat : 18 % des 344 patients questionnés ont vécu une EMI. Van Lommel confirme ce que le psychiatre américain Raymond Moody a écrit en 1976, quand il a inventé l'expression « *near-death experience* » : aucune corrélation forte n'apparaît entre une EMI – NDE en anglais – et un facteur quel qu'il soit. C'est-à-dire que l'EMI peut t'arriver indifféremment, que tu sois femme ou homme, jeune ou vieux, malade ou accidenté, croyant ou athée, diplômé ou analphabète. Une seule exception, apparemment : plus l'EMI a été puissante, s'achevant par une plongée dans la fameuse *« lumière d'amour et de connaissance »*, plus les patients réanimés présentent une probabilité forte de vraiment mourir peu après. Mais aucun

Plus l'EMI a été puissante, plus les patients réanimés présentent une probabilité forte de vraiment mourir peu après.

raisonnement scientifique ne vient expliquer comment la conscience d'un individu pourrait se trouver exacerbée alors que le cœur est à l'arrêt.

Le chercheur hollandais est d'accord avec son jeune confrère britannique : il est impossible de se taire, la recherche sur l'EMI doit devenir un enjeu international officiel. Elle remet en cause la définition même de la conscience. Tout se passe comme si cette dernière ne dépendait finalement pas du corps matériel. Mais comment être pris au sérieux ?

Pile à ce moment, enfin, un cas d'EMI survient dans le service de l'anesthésiste de Southampton. Le suspense est intense. Le patient raconte une belle histoire… mais a-t-il pu lire la cible au plafond du bloc ?

Pas du tout.

Patience ! veut croire le docteur Parnia.

Il ne se rend pas compte qu'il bute là sur un *« big problem »*, comme il le racontera plus tard dans son livre *Que se passe-t-il lorsque nous mourons ?*. En effet, les EMI posent un double défi à la rationalité. D'abord, elles ne parviennent pas à s'expliquer au niveau neuronal. Ensuite, les fameuses *« sorties hors du corps »* – leur seule facette éventuellement vérifiable – s'avèrent très difficiles à objectiver, comme si elles appartenaient à une sphère inconnue de l'être.

Le parcours de Sam Parnia passionne Christophe Fauré. Ce psychiatre français est d'abord connu pour son travail sur le deuil. Travail profondément efficace, je le sais. Quand mon fils aîné a perdu son propre fils, âgé de 10 ans, d'un cancer du cerveau, un livre du docteur Fauré, *Vivre le deuil au jour le jour*, l'a aidé – et nous a tous aidés autour de lui – à ne pas complètement sombrer.

Depuis, le psychiatre a publié plusieurs ouvrages. Dont un roman, *Mourir n'est pas te perdre*, paru en 2021. Une fiction poignante d'amoureux qui se retrouvent de vie en vie, par-delà la mort. Quand je rencontre l'auteur, un an plus tard, dans un café du centre parisien, il est fort excité. Il s'apprête à publier un essai où il révèle que sa fiction ne repose que sur des faits réels. Je sursaute. C'est gonflé.

Christophe Fauré avale son cappuccino et se calme. Il me parle de Sam Parnia : « *Les Anglais ont une belle expression pour dire où aboutissent des chercheurs comme lui. Ils disent qu'ils sont "beyond reasonable doubt" : au-delà du doute raisonnable. Nous avons perdu assez de temps. Les rationalistes bornés voudraient nous maintenir enfermés dans une camisole étroitement matérialiste, avec la thèse bancale d'une conscience qui serait produite par le cerveau, comme la bile est sécrétée par le foie. Ça suffit ! Partout, des médecins sortent du bois. D'innombrables faits de toutes sortes – dont l'EMI ne représente peut-être que la partie émergée – nous disent qu'il faut d'urgence dépasser cette vision fausse et rabougrie. Bon sang, c'est de l'existence de chacun de nous dont il s'agit !* »

Pour Christophe Fauré, la philosophie bouddhiste est celle qui accompagne le mieux les découvertes accumulées depuis plus d'un siècle sur les frontières du réel, de la physique quantique aux explorations « périmortem » – je te propose d'utiliser ce mot comme on parle du « périnatal » à l'autre bout de l'existence. S'en dégage une idée maîtresse que le psychiatre français résume ainsi : « *La conscience ne jaillit pas de la matière, c'est juste l'inverse. Le cerveau semble plutôt capter quelque chose… comme une radio ou une télé capte les ondes d'une émission. Le changement de paradigme se joue là. Il s'impose et c'est impressionnant. Les réductionnistes analytiques, newtoniens et cartésiens, doivent admettre humblement que le fond du réel leur échappe.* »

Chaque cerveau individuel « capterait » une bribe fréquentielle d'une dimension ondulatoire infiniment plus vaste – une sorte de conscience générale du cosmos – et chacun en tirerait son propre *for intérieur*, que l'on pourrait schématiquement exprimer comme une fréquence singulière, aussi unique que notre ADN ou nos empreintes digitales. Cette idée sous-tend bon nombre d'hypothèses sur l'EMI depuis une quarantaine d'années. Mais comment le démontrer scientifiquement ? Le terrain est glissant.

Pour la majorité des médecins, personne ne pourra jamais répondre à cette question. Faut-il donc passer outre ? Christophe Fauré s'insurge : a-t-on continué à faire comme si la Terre était plate, parce que la supposer ronde rendait tous les raisonnements caducs ? Après avoir vidé sa tasse, il s'écrie, pour bien préciser les choses : *« Quand je dis qu'il nous faut sortir du bois, ce n'est certainement pas pour en rester au côté "waow, fantastique !". Foin des spéculations métaphysiques, soyons pragmatiques. L'échec des matérialistes à expliquer l'EMI nous rend beaucoup plus relax pour passer à des actions concrètes. »*

DES SOIGNANTS APAISÉS

—

La suite pourrait te paraître théorique, parce qu'elle porte un nom philosophique : phénoménologie. Mais c'est le contraire. Cette philosophie ouvre la voie à une foule d'actions pratiques. Le mot « phénoménologie » signifie qu'on ne cherche pas les causes premières, ni l'essence des choses, mais que l'on se concentre sur le ressenti, le subjectif. Ceux qui ont vécu une EMI se fichent, au fond, des explications savantes, même si celles-ci peuvent en rassurer certains.

Ce qui compte pour eux, c'est le bouleversement qui les a traversés et les habite à jamais. À partir du moment où les explications neuropsychologiques de l'EMI ont montré qu'elles piétinaient, un certain nombre de chercheurs perplexes se sont sentis libres d'afficher une phénoménologie de l'expérience, et même une microphénoménologie, tant les détails comptent.

Directeur de recherche au CNRS, spécialisé en physique quantique, le philosophe des sciences Michel Bitbol a présenté très simplement cette approche au colloque « États de conscience aux frontières de la mort », en 2020 : *« Suivant la leçon d'Edmund Husserl et de ses élèves Jean-Paul Sartre, Maurice Merleau-Ponty ou Emmanuel Levinas, mettons en suspens toute quête d'explication des EMI. Écoutons plutôt l'expérience, suivons-la pas à pas, transportons-nous en elle, entrons en résonance empathique avec ceux qui la vivent. Une fois que l'on a consenti à ce silence et à cette écoute, quantité de questions abyssales sur la mort trouvent des réponses inattendues. S'agit-il d'un rêve ou d'un savoir ? D'un délire ou d'une révélation surnaturelle ? Ne nous hâtons pas de répondre. L'alternative objectif/subjectif ne vaut que de l'extérieur. Celui ou celle qui l'a vécue est à 100 % convaincu d'avoir effectué un retour dans la pure présence d'être, bien avant toute dualité séparant esprit et corps. Sa vie a été transfigurée par son impression d'avoir connu une dimension "plus réelle que le réel" et "hors du temps". C'est la définition que donnait de l'éternité le philosophe Boèce, chrétien du VI*e *siècle :*

un "maintenant" qui n'essaie pas de s'échapper à lui-même. Les personnes qui approchent la mort semblent vivre cette éternité. Réfléchir rationnellement à la conscience, du dehors, est passionnant, mais revient sans doute à poursuivre un horizon voué à sans cesse reculer. »

Voir le mystère ainsi change beaucoup de choses. Et permet d'agir plus librement au fil des intuitions. Il y a cent façons d'agir selon ses intuitions. Mille praticiens le font en ce moment même. Chacun mériterait un plein chapitre. Leurs approches changent la vie des millions d'expérienceurs qui, sinon, risqueraient de se demander s'ils ne sont pas devenus fous. Mais ils changent aussi la fin de vie de millions d'autres personnes, qui accompagnent ces moments mystérieux… Laisse-moi te présenter quelques-uns de ces praticiens. Chacun illustre, à sa façon, l'appel du docteur Christophe Fauré à *« passer à l'action »*.

Sylvie Cafardy est médecin hospitalier, gériatre spécialisée en soins palliatifs, accompagnatrice de personnes âgées souvent démentes, au centre hospitalier de Confolens, en Charente. Un travail qui demande un bel équilibre émotionnel. Au sein d'un personnel plutôt stressé et comme *« encerclé par la mort »*, elle repère un jour un aide-soignant

Raconter des expériences de mort imminente à des patients au bout du rouleau a un effet rasséréant.

tellement serein, chaleureux et cordial qu'elle finit par lui demander s'il a un secret. Il lui confie avoir vécu une EMI : depuis, dit-il, sa peur de mourir s'est évanouie, ce qui se répercute de façon apaisante sur autrui.

Cette information va engager Sylvie Cafardy dans un long travail, objet de sa thèse de doctorat, soutenue en 1999 et transformée en livre, *Expériences de mort imminente, Le Témoignage inédit d'une gériatre*. Elle y expose en détail ce fait remarquable : raconter des expériences de mort imminente à des patients au bout du rouleau a un effet rassérénant. Comme si la disparition de la peur de mourir était une vertu transmissible. Sylvie Cafardy s'en explique au colloque de 2020 : *« Le potentiel thérapeutique du récit de l'EMI est énorme. Et il est contagieux. Logiquement, il faudrait l'intégrer aux études de médecine. »*

Penny Sartori, elle, a travaillé pendant dix-sept ans comme infirmière dans différentes unités de soins intensifs britanniques. Sans doute plus sensible que les autres, elle pleurait à chaque décès. Apprendre l'existence des EMI l'a libérée d'un poids énorme. Malgré les réticences de sa hiérarchie, elle a multiplié les enquêtes et accumulé les cas. Elle est devenue docteure en sciences humaines et a publié maints articles dans des revues professionnelles.

En 2014, elle ramasse ses écrits dans une sorte de manuel pratique, *Wisdom of Near-Death Experiences*. Un livre étonnant, qui s'adresse autant aux soignants qu'au grand public.

Pourquoi en savoir plus sur les EMI bonifie-t-il les soignants ? Cela tient peut-être au fait que, selon plusieurs enquêtes, la mort angoisse paradoxalement davantage les médecins que la moyenne des gens. Il faut dire que, pour eux, à l'ère de la technoscience toute-puissante, la mort est toujours un échec. S'arracher à la vision de ce match forcément perdu d'avance leur ferait beaucoup de bien.

Quant au grand public, affirme Penny Sartori, il coûterait nettement moins cher à la Sécurité sociale si la population apprenait que des millions de nos congénères ont vécu une expérience qui a gommé leur peur de mourir, donc leur anxiété, donc leurs excès de stress, donc tous les troubles qui en découlent.

Cela dit, vivre une EMI n'est pas de tout repos : Penny Sartori ne nie pas que, pour beaucoup d'expérienceurs, intégrer cet épisode incroyable à leur vie quotidienne est une rude épreuve : leurs valeurs sont métamorphosées ; ils se fichent désormais des apparences ; ils placent en tête de leurs listes des priorités l'altruisme, l'écologie et les solidarités sociales ; ils trouvent souvent les médias insipides et éteignent la télévision ; parfois, ils développent des dons de guérison. Du coup, ils horripilent leur famille qui les croit devenus fous. Leur conjoint demande le divorce. Tout vacille.

Il y a une cinquantaine d'années, la docteure Marie Haumont n'a pu revoir le corps de son amoureux, étudiant en médecine comme elle, mort brutalement à 19 ans. Depuis, elle n'a cessé de remuer ciel et terre pour s'informer sur la fin de vie. Devenue l'une des plus fameuses acupunctrices de Bruxelles, elle a créé, en 1989, la branche belge de l'IANDS – le réseau de recherche fondé huit ans plus tôt par le psychosociologue Kenneth Ring. Elle a beaucoup travaillé dans le Plat Pays pour faire connaître l'enseignement d'Elisabeth Kübler-Ross et des autres pionnières des soins palliatifs. Quand je l'interroge sur l'intérêt de parler de l'EMI à tous les publics, elle déborde d'idées et de conseils :

— Lire un livre sur le sujet suffit parfois à t'arracher à la dépression.

— Les groupes de parole entre expérienceurs ont des effets plus que bénéfiques, y compris sur les ex-conjoints – ils criaient à la folie et découvrent soudain une donnée anthropologique universelle (ce qui fait un bien fou à leurs éventuels enfants).

— Les familles, maillon crucial, avec les bénévoles, de soins palliatifs dignes de ce nom, tirent grand bénéfice à être informées de toutes les découvertes sur la conscience dans le champ entier du périmortem.

La liste n'est pas exhaustive.

La psychiatre Elisabeth Kübler-Ross nous avait appris, dès les années 1960, que lorsqu'une personne en fin de vie a réussi, par elle-même et grâce à son entourage, à franchir les étapes, aujourd'hui bien connues, du déni, de la révolte, du marchandage et de la dépression – étapes qui, souvent, bégaient –, elle pouvait avoir la chance d'accéder à l'étape numéro cinq : l'acceptation de sa propre fin – tout son entourage en bénéficiant indirectement. Elisabeth Kübler-Ross disait que cette personne sur le départ devenait alors littéralement un *« être de sagesse »*, par ses mots ou par son silence. L'écrivain Alexandre Jardin le confirme lors de notre colloque de 2020 : il ne s'est jamais senti aussi *« présent »* qu'en accompagnant jusqu'au bout son beau-père, qu'il adorait – s'extasiant même : *« L'accompagner corps et âme fut naturel à notre petit groupe de proches. Il était bien là et, malgré le chagrin, son départ nous faisait communier avec lui comme jamais. Je n'en revenais pas : nous sommes ainsi faits que nous pouvons vivre cette communion avec une présence extraordinaire. »*

Les accompagnants d'aujourd'hui font un lien entre cet état d'acceptation et ce qu'ils appellent la « *lucidité terminale* ». Kézaco ? Plusieurs intervenants à notre colloque y ont fait allusion. Le docteur Alain Toledano : « *Avant de mourir, beaucoup de patients connaissent un regain d'énergie qu'on a du mal à comprendre scientifiquement. Je revois cette femme avec qui j'avais fait de l'alpinisme jadis et que des métastases osseuses avaient réduite à peu de chose. Et voilà que, sortant d'un quasi-coma, elle se réveille et se lance avec moi dans une discussion incroyable que je n'oublierai jamais. Et cette autre femme, qui est soudain sortie de son long état végétatif pour dire : "Je veux me marier !" Nous l'avons aidée à le faire... Dans ces cas-là, la fin n'est jamais loin – quelques jours, quelques heures –, mais quelle fin ! C'est éminemment troublant.* »

Un peu en amont de cet étonnant jaillissement, je découvre la pratique de la « *biographie finale* », mise au point par Valéria Milewski, docteure en sciences du langage, qui exerce aujourd'hui comme biographe « hospitalière » au CHU de Chartres. Le propos consiste à écouter la personne en partance raconter sa vie, du moins ce qu'elle désire en dire à ce moment-là avec l'envie de le léguer – se « *reconfigurant* » du coup elle-même, comme dirait le philosophe Paul Ricœur, dont Valéria Milewski se réclame. Chacune de ces conversations biographiques donnera quelques exemplaires d'un très joli petit livre qui sera distribué à la famille.

Le plus frappant est que Valéria Milewski et les *« passeurs de mots »* bénévoles qui œuvrent avec elle, telle l'ex-journaliste Claire Liagre, effectuent ce travail à la demande expresse des médecins, lorsque ceux-ci sentent que la personne en aurait besoin. Car se confier – et parfois vider son sac – fait du bien. Comme une ultime confession en terre de spiritualité laïque. Et figure-toi que cette pratique, aujourd'hui établie dans pas moins de cinquante services hospitaliers français et suivie par le ministère de la Santé, doit bientôt être présentée à l'ONU.

Si tu fais le tour des pratiques et des phénomènes périmortem actuellement admis, il y a beaucoup plus fou – et cela élargit notre approche du mystère de la conscience dans des proportions surprenantes. Prends par exemple les *« visions de fin de vie »*, citées par beaucoup d'accompagnants en soins palliatifs et que le journaliste Philippe Labro a personnellement vécues et décrites dans son livre *La Traversée*. Dans ces visions, le mourant entre en communication avec des êtres invisibles pour les tiers, généralement des défunts qu'il a aimés, mais parfois aussi des inconnus, pas toujours bienvenus

Ce serait prouver
que la conscience
se rit de la mort.

– je repense à ma propre grand-mère s'écriant : « *Dis à ces femmes, que je ne connais pas, de cesser d'apporter des fleurs dans ma chambre !* »

Prends aussi les « *EMI partagées* », dont le psychiatre Raymond Moody a parlé dans l'un de ses derniers essais. Le docteur Jean-Pierre Postel, anesthésiste à l'hôpital de Sarlat, a décrit celle qu'il a vécue après que son épouse, pédopsychiatre, leur fils, étudiant en médecine, et lui-même furent « *sortis de leurs corps* », invités par une force irrésistible à « *accompagner dans la lumière* » le père mourant du docteur, avant de finalement se retrouver abasourdis dans la chambre désormais silencieuse.

Ceux qui, comme toi, j'imagine, haussent ici les épaules pourraient bien se trouver déstabilisés par Lytta Basset, qui évoque, dans *Cet au-delà qui nous fait signe*, un dialogue régulier avec son fils mort par suicide à l'âge de 24 ans. Connais-tu Lytta Basset ? Après avoir été pasteure de l'Église réformée, à Genève, cette philosophe protestante est devenue professeure de théologie pratique à la faculté de théologie de l'université de Neuchâtel. De sa bouche et sous sa plume érudite, ce que beaucoup de grands esprits auraient balayé d'un revers de manche comme du « *délire new age* » s'intègre bel et bien au corpus culturel de notre temps.

Plusieurs chercheurs, dont la représentante suisse de l'IANDS, Evelyn Elsaesser-Valarino, parlent de VSCD, ou « vécus subjectifs de contact avec un défunt ».

Pardon, mon amie, pour ce tourbillon d'informations et de noms qui finit peut-être par te donner le vertige. Mais je tenais à partager avec toi la surprise qui fut la mienne de trouver tant de pratiques et de recherches nouvelles dans un univers que je croyais connaître et qui bouillonne bien plus aujourd'hui que je ne l'aurais cru.

Sais-tu l'image que j'en ai finalement gardée ? Celle de deux équipes creusant de part et d'autre d'une montagne – la mort – pour tenter une jonction paradoxalement lumineuse au cœur de la nuit. D'un côté, tu as les praticiens qui accompagnent des personnes au bout du rouleau mais encore vivantes – leur cœur bat toujours – et qui constatent parfois en fin de parcours des phénomènes pas évidents à expliquer, signalant dans la dernière ligne droite un déploiement d'énergies étonnamment subtiles. De l'autre, les chercheurs aux prises avec les EMI écoutent des personnes dont le cœur s'est arrêté et qui disent avoir connu au même moment, *« de l'autre côté »*, la plus éblouissante des énergies de leur existence. Ces deux types d'énergie forment-ils une continuité ? Serait-ce cela, la conscience ? Ce serait alors prouver *ipso facto* que celle-ci se rit de la mort.

Seulement voilà, sommes-nous toujours sur un terrain où la notion de preuve a un sens ? C'est là, tu vas voir, que nous retrouvons le « *big problem* » du docteur Sam Parnia.

LE « BIG PROBLEM »

—

Menant mes enquêtes dans les années 1980, je m'étais d'emblée intéressé à ce que les chercheurs américains appelaient « *after effects* », c'est-à-dire aux transformations affectant la vie des expérienceurs d'EMI jusqu'à la fin de leurs jours. La vérification des épisodes « *hors corps* » me passionnait moins. Comme si j'avais passé l'âge des énigmes paranormales.

En me replongeant en 2022 dans ce maelström de pratiques, d'expériences et de recherches, je dois pourtant admettre que ces épisodes constituent la seule passerelle vérifiable entre mystique et raison, et qu'ils méritent donc toute notre attention. Si l'on parvenait à prouver qu'au cours d'une EMI la conscience humaine peut effectivement traverser les murs et voyager où bon lui semble, l'énigme deviendrait une matière de recherche officielle. Or c'est exactement là que surgit le « *big problem* » auquel se cogne Sam Parnia à l'hôpital de Southampton.

Sonia Barkallah a été la première à vraiment me secouer sur la question.

Comment te la présenter ?

Jetée dans le blues par des épreuves familiales, elle est encore une enfant quand on lui offre *La Vie après la vie* de Raymond Moody. Coup de foudre. Si ce qu'écrit ce psychiatre américain est vrai, il faut le crier sur tous les toits, et pas qu'aux gens des beaux quartiers. Parce que ça vous guérit des plus gros flips ! Les années passent… Habitant Martigues, elle devient ambulancière à Marseille, et un jour, alors qu'elle a 19 ans, un patient qu'elle transporte lui raconte son EMI. C'était donc vrai ?! Elle veut enquêter et tente en vain à convaincre la presse régionale de prendre des articles qu'elle commence à écrire sur le sujet. La voilà qui devient imbattable sur tout ce qui touche à la fin de vie. À l'hôpital de La Timone, à Marseille, elle rencontre Éric Dudoit, un infirmier habité par la même passion, qui réussit à sensibiliser une partie du personnel hospitalier.

Mais Sonia Barkallah vise plus haut.

Malgré les avertissements de quelques experts, elle se lance dans une opération 100 % casse-cou, que *« la tirelire du snack-bar de [sa] maman »* va l'aider à amorcer. Il s'agit de rassembler en congrès les plus grands spécialistes mondiaux des EMI. Les plus grands ? À Martigues ? Alors qu'elle n'est personne ? Est-elle folle ? Sonia Barkallah raconte dans son livre *Et si cela vous arrivait ?* par quelle série de miracles elle y est parvenue. Le 17 juin 2006, des milliers d'auditeurs passionnés viennent de partout écouter Raymond Moody, Pim van Lommel, Sam Parnia et d'autres dans une immense salle à deux pas de l'étang de Berre.

Dans la foulée, l'ambulancière tourne un documentaire que plusieurs vedettes, dont Michel Drucker et Didier van Cauwelaert, encouragent. Malgré leur soutien, aucune chaîne de télé ne diffuse l'excellent *Faux Départ*.

La jeune femme ne se décourage pas. En 2013, elle renouvelle son exploit : les « 2e Rencontres internationales sur l'expérience de mort imminente » se tiennent cette fois au palais des congrès de Marseille, soutenues par un mécène tombé du ciel, un homme passionné par tout ce qui éveiller la conscience de ses congénères. Désormais aidée par une équipe, notre jeune baroudeuse crée une société

Bien que le public soit de plus en plus informé, la peur d'être pris pour un fou ou un manipulateur n'a pas disparu.

de production, destinée notamment à sponsoriser une chaîne web qui devrait faire des étincelles. Mais imposer un nouveau média n'est pas évident. La jeune femme connaît une traversée du désert.

Relativisons. Si les chaînes nationales le refusent, *Faux Départ* circule sous forme de DVD. Pas n'importe où : plusieurs professeurs de médecine, à Marseille, Strasbourg, Monaco, Nice, Casablanca, le projettent à leurs étudiants, parfois de façon officielle. Des associations de soignants font de même à Tel-Aviv, Tunis, Montréal, Fort-de-France. Beaucoup sont intrigués, bouleversés. Tout comme Elisabeth Kübler-Ross faisant découvrir l'accompagnement de la fin de vie d'une jeune fille aux étudiants en médecine de Denver, dans le Colorado, en 1967, un petit demi-siècle plus tard, Sonia Barkallah ouvre les esprits de centaines de futurs médecins, surtout francophones, sur l'expérience de mort imminente.

Pour elle, le Maghreb est une région symboliquement forte. Ses ancêtres étaient tunisiens. Et les recherches hors Occident sont rares. Même si elle met en rage certains intégristes, dont un imam, qui explique que Sonia pactise avec le diable, les données qu'elle recueille enrichissent le profil type de l'expérienceur et le savoir commun.

Chaque fois que je la rencontre, cette femme m'étonne. Malgré ses déconvenues de productrice, elle prépare un second film et continue passionnément à chercher des « *cas corroborés* » – un mot qu'elle répète tant que je finis par me moquer d'elle en lui demandant si elle-même est certaine d'être « *corroborée* ». Elle rit mais n'en démord pas. Les EMI qui méritent ce qualificatif sont rares. Ce sont celles où l'on peut prouver scientifiquement – comme dans une enquête policière – que l'expérienceur a réellement assisté à ce qui se passait, depuis le plafond de la salle d'opération ou ailleurs, précisément au moment où son cœur a cessé de battre.

Ces cas corroborés existent, peu nombreux – tu vas bientôt comprendre pourquoi. Sonia Barkallah cite volontiers celui du patient Jacques Baranowski et de son infirmière qui fut stupéfaite de s'entendre dire par une collègue tout essoufflée : « *Dis donc, on a réussi à ranimer ton patient. Figure-toi qu'il est furieux que tu parles au téléphone avec sa mère biologique qui l'a abandonné jadis. Il veut que tu raccroches tout de suite !* » Ce qui correspondait pile à la situation.

L'infirmière n'en est jamais revenue. Elle s'est confiée à des chercheurs comme à Sonia Barkallah. Pour autant, elle n'a pas voulu répondre à ma demande d'interview. Jacques Baranowski et son

Comment alors objectiver, un tant soit peu, ce que prétendent ces étonnants voyageurs ?

infirmière me font percevoir un problème que je négligeais : bien que le public soit de plus en plus informé, la peur d'être pris pour un fou ou un manipulateur n'a pas disparu.

D'autres cas s'avèrent aussi incroyables pourtant. Cas d'une femme aveugle rencontrée par le docteur Postel de Sarlat, qui a pu décrire le décor du bloc où on l'avait opérée, qu'elle avait visualisé pendant son EMI. Cas d'Antoine Boccador, un ami de Laurence Lucas Skalli, connu pour son scepticisme, qui a su décrire la robe que sa femme avait achetée alors qu'il était déjà dans le coma depuis plusieurs jours, couché sur le ventre. Cas de Jean Morzelle, qui a pu dire ce qui figurait sur la plaque Manufrance de sa table d'opération – pour le coup *sous* celle-ci. Cas de la Marseillaise Paqui, qui est apparue à l'aube, comme un vivant fantôme, à son amie Maryline, secrétaire médicale à La Timone, qui lui a aussitôt intimé l'ordre de retourner dans son corps et de se laisser réanimer, *« pour s'occuper de [sa] famille »*. Cas de Nicole Dron qui a su dire ce qui se passait chez sa belle-mère, occupée à garder ses enfants pendant qu'on l'opérait.

Cas troublants, mais bizarrement très rares comparés aux foules d'EMI répertoriées. Il existe très peu d'expérienceurs dont les chercheurs ont pu objectivement recouper les affirmations de *« sortie de corps »*. Bien sûr, Sonia Barkallah a suivi de près les expériences de Sam Parnia, à l'hôpital de Southampton. Et comme lui, elle a été déçue qu'aucune des personnes ayant vécu une EMI n'ait réussi à visualiser les fameuses cibles au plafond des blocs opératoires. Comment alors objectiver, un tant soit peu, ce que prétendent ces étonnants voyageurs ?

Sonia Barkallah en parle avec la biologiste Sylvie Dethiollaz et le psychothérapeute Claude-Charles Fourrier qui, à Genève, consacrent les activités de leur Institut suisse des sciences noétiques (Issnoé) à explorer tous les états de conscience. Cela va du rêve à la méditation et des *« visions à distance »* aux OBE, *« out of body experiences »*. Les sujets capables de se livrer à ces dernières disent pouvoir se retrouver instantanément où bon leur semble. Exactement ce que rapportent beaucoup d'expérienceurs.

Le cobaye préféré des chercheurs helvétiques s'appelle Nicolas Fraisse. Ils l'ont rendu internationalement célèbre. Cet ex-comptable devenu infirmier est capable de prodiges. Son corps reste prostré dans son appartement tandis que sa conscience rend visite à ses parents à la campagne. Eux ne le voient pas, mais lui oui. Or, avec Nicolas Fraisse, les chercheurs suisses butent sur le même *« big problem »* que Sam Parnia : ils ont du mal à *« prouver »*, à *« corroborer »*, la sortie du corps.

Pourquoi ? Apparemment parce que leurs tests sont rationnels et pas affectifs.

Écoute ça : une fois *« hors corps »*, il est impossible à cet homme d'obéir à des consignes rationnelles – de visualiser des images, de lire des cibles, de suivre un itinéraire programmé, etc. Tout se passe comme si la conscience désincarnée oubliait ses engagements et n'en faisait qu'à sa tête, ou plutôt qu'à son cœur. Elle se contrefiche des cibles. Ce qui l'intéresse, ce sont ses inclinaisons affectives, en gros les personnes ou les sujets aimés ou éventuellement détestées ! Tout ce qui est d'ordre mental l'indiffère.

Ce constat complique joliment les recherches scientifiques. Qu'est-ce qu'un *« voyage affectif »* et comment le tester ? Il faudrait raffiner les tests. Et, comme toujours, disposer de plus de moyens. Mais pas seulement.

LE TUNNEL ET LES MONSTRES

—

Tu l'as compris, la recherche se trouve bloquée dans une double impasse.

La première : après un bon siècle d'exploration triomphale des labyrinthes du cerveau, neurologues et neuropsychologues classiques ne parviennent toujours pas à se saisir de la conscience – dans le cas des EMI, elle leur glisse littéralement entre les doigts, et plusieurs grands chercheurs l'admettent. Que faire ?

Si l'on pouvait prouver de façon objective que des *« sorties hors corps »* ont bien lieu, un nouveau terrain de recherche s'offrirait, vertigineux. Mais, d'une certaine façon, explorable. Or, deuxième voie de garage, les chercheurs plus aventureux, qui tentent d'objectiver les récits des expérienceurs, n'y parviennent pas non plus – ou alors très partiellement et avec d'énormes difficultés, le phénomène renâclant à se laisser prendre dans les filets de la mesure et de la répétition, condition *sine qua non* de toute approche scientifique.

Cela laisse le champ libre, on l'a vu, à une approche phénoménologique, davantage préoccupée par le vécu subjectif des personnes concernées que par le contrôle objectif de leurs dires. Faut-il alors se contenter de cette approche sensible et abandonner toute tentative de cerner scientifiquement, donc mathématiquement, le mystère ? Ce serait mal connaître la détermination des équipes interdisciplinaires en plein travail sur le terrain. Notamment en Belgique.

Dépendant du département Giga Consciousness du CHU de Liège, le Coma Science Group, fondé par Steven Laureys en 2014 et mené désormais par Charlotte Martial, rassemble une quarantaine de chercheurs, neuropsychologues, médecins, neurologues, biologistes, thérapeutes du langage, spécialistes en neurosciences cognitives, etc. C'est, sans doute, l'équipe la plus structurée du moment. En lien direct avec des services médicaux traitant tous les troubles possibles du cerveau – du coma aux états végétatifs et au *locked-in syndrome* –, ses membres sont bien placés pour évaluer toute notre thématique *in vivo* et décrypter de façon pertinente les statistiques qui leur arrivent du monde entier.

Globalement, ils ont pu établir qu'entre 10 % et 23 % des arrêts cardiaques se soldent par une EMI. La fourchette est large. Il leur faudrait davantage de crédits pour mieux recenser. Toujours la même chanson. Je rapprocherais ces chiffres d'une estimation encore plus floue, mais très frappante, citée par les Britanniques Sam Parnia et Penny Sartori : entre 4 % et 8 % des populations occidentales auraient déjà vécu une EMI.

Mais restons en Belgique. La première grande réalisation des chercheurs liégeois a été d'améliorer l'échelle de Greyson qui, depuis 1983, classe en détail ce que les gens disent avoir vécu – pendant une EMI, mais aussi, pour comparer, pendant une méditation, lors d'une transe, après une prise de drogue, etc. Cette amélioration a fait passer ladite échelle de seize à vingt-trois critères. Je dois absolument te rapporter les deux principales nouveautés apportées par l'équipe belge. La première est *soft* et concerne l'influence de la culture ; la seconde est *hard* et intègre les EMI négatives.

Commençons par le *soft*. Contrairement à ce que les premiers chercheurs prétendaient, la culture

Jusqu'aux
années 2000,
les Allemands de
l'Est voyaient plus
de tunnels que
ceux de l'Ouest.

influe sur le contenu de l'expérience. Rien qu'en Belgique, les expérienceurs flamands, très catholiques, voient systématiquement Jésus ou la Vierge, alors que les Wallons, plus libres-penseurs, ont tendance à décrire une *« lumière d'amour universelle »*. Jusqu'aux années 2000, les Allemands de l'Est voyaient plus de tunnels que ceux de l'Ouest, alors que les Chinois, les Polynésiens – et les enfants – n'en voient quasiment jamais – va savoir pourquoi. Cela dit, ces modulations culturelles, encore à peine effleurées par les chercheurs, n'invalident pas les grands traits prototypiques du profil. En gros, une fois revenus à eux, tous les expérienceurs vivent des effets comparables et positifs. C'est pour eux une initiation et une révélation. Du pain béni pour tous les spiritualistes qui, depuis la nuit des temps, affirment que la conscience constitue le fond du réel et que sa nature est l'amour.

Sauf…

Sauf quand ce voyage a été un cauchemar.

C'est l'apport *hard* des chercheurs belges à l'échelle de Greyson : ils intègrent ce qu'ils nomment les *« EMI négatives »* qui, pour être minoritaires, ne représenteraient pas moins de 14 % des cas. Et peut-être davantage, ceux qui les ont vécues n'ayant qu'une envie : les oublier à jamais.

Un nouveau flash-back puissant me scotche à mon siège. Je n'oublierai jamais ma dernière visite au bureau de l'IANDS, en 1984, à l'université du Connecticut. Nancy Evans Bush en était la permanente administrative. Lors de son embauche, elle ignorait sur quoi travaillaient ces chercheurs. Le découvrir fut un choc. Car elle l'avait vécue, elle, la fameuse EMI ! En plein accouchement, elle avait failli mourir. Et ce n'était pas du tout le conte de fées que ses employeurs s'escrimaient à répandre, mais une abomination.

Elle flottait dans le vide, quand des cercles clignotants – noir-blanc, blanc-noir – l'entourèrent en ricanant. C'était des dessins yin yang, mais elle ignorait ce symbole. En une seconde, toutes ses certitudes de jeune calviniste s'effondrèrent. Rien n'existait réellement, pas même Dieu.

Je tentai de la réconforter : n'avait-elle pas vécu là une très forte initiation, comme sous LSD ou ayahuasca, cette préparation hallucinogène originaire d'Amérique du Sud ? Mais elle se boucha les oreilles : *« Taisez-vous ! »*

Vingt ans après ce *very bad trip*, elle en tremblait encore, avec une peur atroce de mourir. De retour en France, je connus d'autres expérienceurs négatifs, avec chaque fois – coïncidence ? – un rire moqueur émanant de symboles géométriques.

Aujourd'hui, ce qui me stupéfie, c'est le prodigieux parcours effectué par Nancy E. Bush durant les quatre décennies qui ont suivi notre rencontre. Mobilisant tout son courage, pour oser *« regarder l'enfer dans les yeux »*, elle s'est associée avec le docteur Bruce Greyson pour explorer la face sombre du mystère EMI. Pas évident puisque les concernés se terrent au fond de leurs refoulements. Imagine un peu : en neuf ans, les deux enquêteurs n'ont pu rassembler que cinquante cas solides d'EMI négatives.

Ils en ont tiré un livre, *Dancing Past the Dark*, qu'ils ont autoédité. Réussissant à dépasser sa peur et usant même parfois d'un humour noir mordant, la secrétaire devenue chercheuse a effectué un travail fouillé. D'une part, elle disqualifie les conclusions matérialistes réductionnistes, qu'elle a étudiées une à une, à la manière de Sam Parnia. Mais en même temps, elle impose à l'ensemble du champ périmortem une complexité qui retoque sans plus de ménagement les spiritualistes naïfs, et les expérienceurs devenus prédicateurs, qui t'expliquent par a plus b ce qui t'arrivera quand tu entreras au paradis. Bref, Nancy E. Bush a redécouvert l'immense complexité ambivalente de notre rapport à l'esprit dont les traditions parlent depuis toujours.

Si 99 % des expérienceurs positifs attendent sereinement l'heure de leur mort, une proportion égale de cas négatifs en ont la terreur. Certains ont vu les flammes infernales décrites par les religions. Ou des monstres indescriptibles de laideur et de cruauté. D'autres ont vu défiler d'interminables foules de femmes et d'hommes aussi inconsolables que ceux de la chanson de Brel reprise par Nina Simone – si tu ne connais pas « Les Désespérés », va l'écouter sur YouTube. D'autres encore se sont retrouvés projetés au-delà de toutes les galaxies dans une solitude totale, obscure et éternelle.

De l'angoisse à l'état pur.

Pour s'en sortir une fois réanimés, ils tentent d'oublier. S'adressent à la psychiatrie. Se raccrochent aux explications réductionnistes : *« Allons, ce n'était qu'un dérèglement moléculaire », « une anesthésie ratée », « un manque d'oxygène »*… mais la terreur subsiste. Certains se calment en entrant dans le droit chemin d'un dogme religieux ou d'une secte.

Au début des années 1990, l'enquête de Nancy E. Bush sur les cas négatifs commence par raviver sa propre expérience et aggrave son angoisse. Elle est sur le point d'abandonner, pour ne pas replonger dans son blues faramineux, quand elle rencontre le cardiologue Michael Sabom et le psychologue

Ce médecin s'était retrouvé flottant dans le vide sous la forme d'un cube que des « sphères ricanantes » voulaient obliger à devenir comme elles.

Christopher Bache. Ils ont fouillé la question eux aussi et fait une découverte qui ressemble à une pierre de Rosette : 20 % des EMI positives comporteraient au moins un moment angoissant. Sauf que la majorité des expérienceurs l'auraient dépassé et oublié. Seule une minorité resterait bloquée à ce stade. Les EMI négatives seraient donc des expériences incomplètes.

Je me rappelle que, lors de mes premières recherches dans les années 1980, j'étais moi-même tombé sur quelques cas où l'expérience, très mal commencée, s'était brusquement retournée. Je te ferai lire le récit stupéfiant du docteur Simpson, cité dans *The Lancet.* Son cœur s'étant arrêté, ce médecin s'était retrouvé flottant dans le vide sous la forme d'un cube que des *« sphères ricanantes »* voulaient obliger à devenir comme elles. Hurlant de terreur, il les avait fait reculer. À son réveil en salle d'opération, le côté infantile de sa crainte lui était apparu en un éclair et il avait réclamé du papier et un crayon pour tout raconter sur-le-champ.

Nancy E. Bush et Bruce Greyson remarquent aussi que, dans ces visions d'horreur, ce sont généralement les autres qui souffrent, la personne elle-même restant indemne. Même si ce n'est pas toujours le cas.

Que diraient-ils du récit que m'a fait cet homme récemment rencontré ? Lors de son arrêt cardiaque, il s'est senti tomber dans un puits sans fond. Et chaque fois qu'il tentait de se freiner sur la paroi, il voyait des lames de rasoir en surgir, qui lui tranchaient les mains. *« C'est ma femme qui m'a sauvé*, me raconte-t-il, *elle n'a jamais cessé de m'appeler depuis la margelle du puits. »*

Là, il faut l'admettre, toute tentative d'objectiver scientifiquement le propos serait ridicule. Mais balayer le témoignage d'un revers de manche ne serait pas moins stupide. Sans doute nous faut-il alors laisser derrière nous le *« réel »* pour nous hisser au niveau symbolique.

Alors, en ce cas, ne faut-il pas considérer toute l'aventure EMI comme une vaste invitation à nous placer de ce côté-là ? Mais, attends, juste un instant : qu'est-ce que le symbolique ? Notre société sécularisée le sait-elle encore ?

L'EMI, UNE MYTHOLOGIE

—

Le psychiatre Raymond Moody, qui avait été professeur de philosophie avant d'étudier la médecine, l'avait signalé dès sa première publication. C'était même le critère numéro un de son échelle. Un formidable paradoxe qui, de prime abord, devrait t'inciter à effacer l'intégralité de tout ce que je viens de te dire : tous ceux qui ont vécu une EMI la disent d'abord strictement ineffable. Impossible à relater. Ils devraient donc se taire. Mais leur désir de témoigner est si fort qu'ils craquent. Ils commencent par dire : *« Aucun mot humain ne peut décrire ce que j'ai vécu »*, puis ils te racontent une longue histoire. La plupart des gens ne réalisent pas qu'en franchissant ce hiatus ils quittent le réel et basculent dans le symbolique.

Vois-tu, mon amie, je suis d'accord avec ceux qui disent que les EMI, ou plutôt les récits que l'on en tire, ont créé une mythologie. Mais une mythologie vivante ne s'oppose pas au réel : quand ce dernier s'avère indicible, elle permet de l'exprimer malgré tout, en le transcendant – c'est aussi la fonction de l'art. Les humains en ont vitalement besoin pour décrire l'indescriptible. Et on peut difficilement concevoir mythologie plus vivante que le récit de l'EMI. Je la vois comme une danse de millions de personnes autour d'un trou noir, ou blanc si tu préfères, d'une incomplétude ontologique, d'une béance échappant aux mots mais lumineuse et vécue avec une puissance considérable.

J'en parle avec l'une des pionnières de l'ouverture des centres de soins palliatifs en France, Marie de Hennezel, psychanalyste dont je lis depuis deux ans les tweets enragés contre le sort fait aux seniors dans notre société, de pire en pire sous prétexte de pandémie. Cette proche de François Mitterrand – il a écrit la préface de son livre *La Mort intime* – craint une chose par-dessus tout : la légalisation de l'euthanasie active. Selon elle, ce suicide assisté sera bientôt l'option obligatoire des mourants les plus défavorisés.

Puis nous en venons aux EMI.

Marie de Hennezel m'avoue ne pas en avoir rencontré elle-même au chevet des mourants, mais elle a récemment publié *Vivre avec l'invisible* et connaît bien le sujet. Ou plutôt le mystère. Mystère de la conscience, dont elle est convaincue qu'elle persiste chez une personne dans le coma ou en état végétatif – à qui il faut absolument continuer à parler « *comme si elle était bien là* ».

Et quand le cœur s'arrête ? Marie de Hennezel sourit et me répond en thérapeute : « *On ne sait pas où se trouve le siège de la conscience, et je suis agacée par ceux qui prétendent le savoir. Une chose est sûre, même quand elle est positive, l'EMI s'avère complexe à intégrer, avec des remises en cause profondes, des changements de métier, des divorces, parfois des dépressions. Certains n'en disent mot pendant des années. En tant que psychothérapeute, ma première réaction serait donc de conseiller à la personne de se confier. Nous sommes là pour l'arracher à sa solitude. Encore plus si l'expérience a été négative et traumatisante. La décrypter comme un cauchemar sera forcément libérateur et enrichissant.* »

Marie de Hennezel travaille beaucoup avec le « *comme si* » et propose de considérer l'EMI « *comme un rêve* » : « *Pour l'analyste jungienne que je suis,* dit-elle, *le rêve est crucial – beaucoup plus que pour les freudiens. Chez Jung, les grands rêves ne sont pas*

« On ne sait pas
où se trouve le siège
de la conscience,
et je suis agacée par
ceux qui prétendent
le savoir. »

le "réservoir du refoulé", ils viennent des profondeurs. D'un savoir inconscient, qui dépasse toute dualité et qu'il appelle l'"Unus mundus". En Inde, on parlerait d'"Advaita". Tout humain porte ça en lui. Nous sommes tous reliés dans l'invisible. »

Jung travailla toute sa vie sur l'idée d'inconscient collectif. Tu le sais, l'élève numéro un de Freud reconnaissait à celui-ci le génie d'avoir découvert l'escalier en colimaçon menant aux caves secrètes où notre ego s'enracine dans le magma inconscient du « *ça* » – qui nous gouverne en grande partie. Mais le psychiatre suisse poussa plus loin que son maître autrichien et rompit avec lui en prétendant que l'on pouvait explorer cet escalier beaucoup plus profondément. Selon Jung, des galeries souterraines de plus en plus collectives à mesure que l'on descend à l'intérieur de soi nous relient non seulement à nos ancêtres, mais à toute l'humanité et aux archétypes qui sous-tendent la symbolique de nos mondes intérieurs.

À quel fantastique inconscient collectif nous relient les EMI ? Je ne saurais te le dire mais sitôt la question posée, je t'avoue qu'une question jumelle s'impose à moi. Les expérienceurs disent tous n'avoir jamais été aussi « *conscients* » de leur vie : existerait-il un « *conscient collectif* » ? Qui correspondrait à quoi, celui-là ?

Dans les années 1920, le paléontologue et jésuite Pierre Teilhard de Chardin et le géologue humaniste Vladimir Vernadski adoptèrent le nom de *« noosphère »* – tiré du grec *noôs*, l'esprit – pour désigner la conscience collective de l'humanité. Une conscience dont nous aurions grand besoin aujourd'hui. Quand les humains se mettent d'accord pour coopérer, de l'échelle locale à l'échelle planétaire, c'est la noosphère qui tisse sa toile. Cela me fait penser aux travaux de Kenneth Ring, qui ont donné lieu à un livre, *En route vers oméga*. Cet oméga, explicitement emprunté à Teilhard de Chardin, désigne le moment charnière où toutes les consciences individuelles pourraient finir par converger pour former une noosphère pleine et entière, c'est-à-dire une conscience collective capable de prendre en main avec intelligence et altruisme le sort de l'humanité.

Le plus étrange est la façon dont mon ami psychosociologue était parvenu à cette vision confondante de beauté utopique au début des années 1980.

Figure-toi que Ring la tirait directement de certains récits d'EMI fort troublants que les chercheurs de l'IANDS avaient collectés. Attention, ces récits, en soi, n'étaient pas rayonnants de lumière. Ils te feraient plutôt dresser les cheveux sur la tête !

Je ne voudrais pas t'envoyer de mauvaises vibrations, mais disons en peu de mots que ces expérienceurs-là ont eu des visions dantesques de foules mourant en masse.

En masse.

Des EMI négatives collectives.

Kenneth Ring avait pris ces visions au sérieux. Mais plutôt que d'en faire des oiseaux de mauvais augure, il en avait tiré une hypothèse « *noosphérique* ». Selon lui, elles pouvaient symboliquement signifier que l'humanité entière serait amenée à vivre une EMI collective, autrement dit approcher de très près sa propre extinction – ou en avoir terriblement peur – pour collectivement se réveiller. Et donner naissance à ce qu'il appelait l'« *Homo noeticus* ». L'humain éveillé, qui comprend que ce qu'il fait aux autres il se le fait à lui-même – comme me le disait le policier de Chicago en 1984, tu te rappelles –, et qui est donc habité, au minimum, par un altruisme intéressé.

Sais-tu pourquoi j'ai tendance à penser que la vision de Ring sonne juste ? Pour une raison assez contre-intuitive : contrairement à ce que croit la majorité d'entre nous, l'humanité n'est pas « *de plus en plus violente* », ainsi que pourraient nous le faire penser les médias. Les historiens le démontrent par a plus b : la probabilité pour qu'un humain finisse ses jours volontairement tué par autrui n'a cessé de baisser depuis la Préhistoire. Et comme le montrent les collapsologues Pablo Servigne et Gauthier Chapelle, l'entraide est la vraie « loi de la jungle », beaucoup plus que l'agressivité – sinon nous n'existerions plus depuis longtemps. Si donc l'inconscient de l'humanité est au fond plus coopératif qu'agressif, pourquoi n'en irait-il pas de même pour notre conscience collective ?

Sommes-nous happés, en ce moment même, dans le vortex d'une métamorphose débouchant sur une noosphère, ce que la multiplication des EMI annoncerait ? La chose est scientifiquement indémontrable, ma chère, et j'en suis désolé, car je sais qu'elle te passionne. Mais on peut en parler avec certains êtres qui, formés par la science, ont la sagesse de s'arracher à l'horizontalité des laboratoires, pour jeter des passerelles vers le ciel, c'est-à-dire, paradoxalement, vers le plus profond de nous.

« Le choc entre les deux avenirs sera brutal. »

ENTRETIEN AVEC
THIERRY JANSSEN

Chirurgien urologue dans les années 1990, devenu psychothérapeute, Thierry Janssen a suivi un parcours dirigé vers la spiritualité et fondé en 2015 l'École de la posture juste, pour les thérapeutes et professionnels de la relation d'aide.

— Les rescapés d'EMI disent qu'ils n'ont jamais été aussi conscients que quand leur cœur, et donc leur cerveau, se trouvaient quasiment à l'arrêt. Comment est-ce possible ?

— Je pense que nous nous trompons en croyant pouvoir limiter la conscience à un phénomène cognitif, c'est-à-dire à ce qui a trait à notre capacité de connaître et de raisonner. Ma pratique de la méditation m'a fait entrevoir autre chose que notre aptitude à considérer nos perceptions et à les commenter, autre chose qui échappe aux mots et n'a nul besoin d'eux. C'est la « pure conscience », c'est-à-dire notre capacité à simplement être au monde. La conscience cognitive, c'est le mental, qui dépend incontestablement du cerveau. La pure conscience, elle, semble pouvoir se passer de lui. Longtemps, les scientifiques ont qualifié cette distinction de fadaise, limitant la conscience au mental, qu'ils peuvent mesurer grâce à leurs – au demeurant admirables – électroencéphalographes ou appareil d'imagerie par résonance magnétique fonctionnelle.

— Et nous pourrions accéder à cette pure conscience grâce à la méditation ?

— Aujourd'hui, la méditation se fait progressivement accepter un peu partout, mais sous la forme amputée d'une méthode de relaxation pour gens ultrastressés. C'est bien, mais on passe à côté du principal, qui est la possibilité de dissoudre le mental et la prison du moi. Là, il ne s'agit plus d'*« être conscient »*, mais de *« devenir conscience »*.

— Ne plus être un individu, en un sens se dissoudre, n'est-ce pas ce que recherche l'Orient, notamment bouddhiste, mais que fuit l'Occident judéo-christo-musulman ?

— Quand on les lit bien, l'Ancien comme le Nouveau Testament sont littéralement imprégnés de l'idée de pure conscience. Dans la moindre de leurs métaphores ! C'est la même chose que dans l'ensemble des enseignements spirituels archaïques, qu'ils soient indiens, égyptiens ou chinois. Mais tout a commencé à se désaxer il y a deux mille cinq cents ans.

— Comment cela ?

— Voilà longtemps que l'Égypte m'apporte beaucoup. Or, au fil du temps, je me suis rendu compte combien nous l'abordions au travers de la pensée grecque classique. Pas celle d'Homère, Solon, ni même Platon, non. Ceux-là avaient encore une approche mystique de la *« présence au monde »* et pouvaient participer, par exemple, à des rituels orphiques ou aux mystères d'Éleusis – pratiques venues d'Égypte, non sans lien avec le chamanisme. Tout s'est faussé à partir du fameux *« miracle grec »* datant de 500 ans avant notre ère et qui, en gros, a consisté à ne plus écouter le monde, mais à l'analyser, à le découper, à le compartimenter et à le penser, pour pouvoir mieux le dominer. C'est alors, disons à partir d'Aristote, qu'est vraiment né le mental individualiste qui, aujourd'hui, finit de conquérir la Terre. Les unes après les autres disparaissent les cultures traditionnelles qui entrent en résonance avec le monde et n'entendent pas le maîtriser. Ce règne implacable du mental nous fait aboutir au fond à des impasses : écologique, économique, sociale, politique et spirituelle. Comment réapprendre à *« écouter le monde »* ? Voilà la question à laquelle nous nous trouvons désormais confrontés. Heureusement, mille réponses jaillissent de notre humanité en crise. Celles des personnes qui ont vécu une EMI est éblouissante – j'emploie cet adjectif à dessein. À moins d'être, au sens propre, *« ébloui »* par une expérience transcendantale, je ne vois pas comment nous pourrions nous arracher au marécage où nous nous trouvons à présent embourbés.

— L'éblouissement sous-entend un saut brusque, une métamorphose. Mais les grands méditants ne disent-ils pas que l'« éveil à la pure conscience » est un long chemin ?

— Oui, mais parcouru sans culpabilité, de façon apaisée. Le petit moi mental et biographique peut être laissé tranquillement de côté. Le neurologue Andrew Newberg et le psychiatre Eugene d'Aquili ont montré avec brio que les parties du cerveau humain qui s'endorment en quelque sorte pendant une méditation profonde sont celles qui distinguent le moi du non-moi et permettent à l'ego d'exister... non sans raison. C'est la condition *sine qua non* d'une vie humaine, mais elles nous donnent l'illusion d'être séparé du reste du monde. Alors que le mystique en état de méditation décrit, lui, une dissolution de sa personne, accompagnée du sentiment que le temps et l'espace n'existent plus, car tout est là, dans l'instant. Il faut ajouter que sur le plan neurologique le même genre de phénomène se retrouve chez les personnes schizophrènes et certaines personnes épileptiques. Des neurologues en ont profité pour dire que les mystiques souffraient de troubles mentaux. Sauf qu'une Thérèse d'Avila ou un Jean de la Croix sont ensuite capables – au contraire des malheureuses personnes schizophrènes – de parler de leurs expériences de façon cohérente, sensée, compréhensible, et éventuellement de bâtir des ordres religieux et des monastères. Même si l'indicibilité de ce qu'ils ont vécu doit être comblée par des métaphores et des images sensibles, souvent érotiques.

— Érotiques ?

— Oui, érotiques. Certaines zones du cerveau qui sont activées durant l'orgasme sexuel, le sont également durant l'expérience mystique. L'extase comme l'orgasme sont des moments où nous perdons le sentiment d'être un ego séparé du tout, pour être habité par un bonheur qui nous arrache à notre petit moi.

— Si telle est la saveur de la pure conscience, à qui s'applique-t-elle ? Aux seuls humains ? Aux mammifères ? Aux plantes ? À la vie tout court ?

— Je pense qu'elle s'applique à tout et ne s'arrête nulle part. Prenons un exemple provocateur, volontairement outré, mais que je crois juste au fond : si je compose un numéro sur mon téléphone, les molécules de l'appareil s'organisent aussitôt en combinaisons telles qu'une énergie électromagnétique me met en contact avec la personne que je désire appeler. Comment pourrais-je prétendre que ces molécules et cette énergie ne participent pas à l'opération ? Certes, elles n'ont aucune conscience individuelle, mentale, égotique, séparée, mais elles sont bel et bien de connivence avec l'ensemble que j'ai initié. L'univers entier fonctionne ainsi, je crois. Autrement dit, la pleine conscience – comme le sentiment de présence ou de joie – est omniprésente dans le cosmos.

— Pour le paléoanthropologue et jésuite Pierre Teilhard de Chardin, même un électron est habité par une parcelle de conscience. Mais dialoguer en ces termes avec des scientifiques me semble impossible.

— Peut-être pas si vous leur suggérez de considérer la pure conscience comme un champ. Un champ collectif de possibles. Aujourd'hui, la conscience collective des humains en crise se trouve devant une alternative. Soit poursuivre dans la logique aristotélicienne et technoscientifique – et cela risque de ne rien donner d'assez cohérent pour que nous survivions (même si le transhumanisme est censé *« vaincre la mort »*). Soit revenir à une écoute profonde du monde, à partir d'une myriade d'initiatives biomimétiques, organisées en réseaux – et l'humanité peut s'en sortir. Le choc entre les deux avenirs sera de toute façon brutal et provoque déjà de gros dégâts. Mais la mutation peut aussi advenir plus vite que prévu. Car la vie a une énorme force de résilience et on peut imaginer que, tempête après tempête, elle retrouve son lit.

— Parmi toutes les traditions ayant échappé au « réductionnisme analytique », les bouddhistes ne seraient-ils pas à part ? Eux qui n'ont jamais cessé d'explorer la pure conscience.

— Non. En Inde, avant le bouddhisme, il y a eu l'hindouisme et, avant lui, le brahmanisme et, encore avant, le védisme. Le bouddhisme est l'héritier d'une tradition qui remonte à des millénaires avant notre ère. Son mérite est d'avoir préservé et prolongé cette tradition capable d'explorer la pure conscience et donc d'écouter le monde. À la même époque que le Bouddha, les philosophes de la Grèce classique prônaient eux aussi la méditation, mais comme réflexion, au sens où l'on t'invite à *« bien méditer telle ou telle leçon »*, te livrant *ipso facto* au mental, donc restreignant ta conscience à sa seule part cognitive.

— Le botaniste chrétien Jean-Marie Pelt m'a dit un jour que, selon lui, la Terre tournait autour du Soleil « par amour ». Il a aussitôt précisé : « Attention, ce n'est pas scientifique ! Si un étudiant écrit ça sur sa copie, je lui mets zéro. Mais la conscience de l'univers est bien plus grande que la science. » Cette idée le rendait très joyeux.

— C'est la joie profonde, la *« joie sans cause »* dont parlait Spinoza. L'enthousiasme au sens étymologique, ce *« dieu intérieur »* qui jaillit du fond de nous et nous fait retourner à la source d'où nous venons tous. Espérons que plus nous comprendrons ce qu'est la pure conscience, plus nous respecterons le vivant. N'est-ce pas le propos de toute éthique ?

— L'éthique constituerait en tout cas une magnifique passerelle de la mystique vers, sinon la science, du moins la raison. Les EMI ne posent-elles pas les bases d'une morale universelle ?

— Ceux dont le mental se laisse inspirer par la voix de la pure conscience comprennent en effet qu'il n'y a pas de séparation. Ce qu'ils font – ou ne font pas – aux autres, c'est à eux-mêmes qu'ils le font – ou ne le font pas. Leur retour à la source leur a apporté la conviction que les chemins de la liberté passaient par l'écoute et l'attention accordées à l'autre, humain ou non-humain, souvent dans les détails les plus humbles.

— Cela n'interdit pas de rester athée.

— Qu'est-ce que l'athéisme, si ce n'est la croyance que rien n'existe en dehors de ce que nous pouvons voir, toucher et entendre à travers nos sens ? L'athée aurait-il la candeur de croire que tout ce qu'il pense et invente est le fruit de sa réflexion mentale ? L'artiste, le poète, le sage savent d'expérience que beaucoup de nos productions nous sont inspirées par une autre dimension, cet esprit que j'appelle « pure conscience » et que l'on peut appeler « Dieu » si l'on veut. Personnellement j'évite d'utiliser le mot « Dieu », les représentations qui y sont rattachées sont trop personnelles pour décrire une réalité qui ne l'est pas. Je préfère utiliser les mots « vie » ou « source » pour décrire l'expérience de la transcendance. Pour moi, Dieu n'est pas un concept, mais une réalité vécue à travers le corps. Celle-ci est pure présence à ce qui est, silence au-delà des bruits, paix absolue, accueil et acceptation, amour inconditionnel.

BIBLIO

Stéphane Allix,
La mort n'est pas une terre étrangère,
éd. Albin Michel, 2011

—

Sonia Barkallah,
Et si cela vous arrivait ?,
éd. Hachette, 2021

—

Lytta Basset,
Cet au-delà qui nous fait signe,
éd. Albin Michel, 2022

—

Jean-Jacques Charbonnier,
La Conscience Intuitive Extraneuronale,
éd. Trédaniel, 2017

—

Sylvie Dethiollaz et Claude-Charles Fourrier,
États modifiés de conscience,
éd. Favre, 2011

—

Thierry Janssen,
La posture juste,
éd. L'Iconoclaste, 2020

—

Marie de Hennezel,
La Mort intime,
éd. Pocket, 2006

—

Sam Parnia,
Que se passe-t-il lorsque nous mourons ?
éd. AdA, 2009

—

Kenneth Ring,
En Route vers Omega, éd. Alphée, 2010

—

Patrice van Eersel,
La Source noire,
éd. Le Livre de poche, 2018

DANS LA MÊME COLLECTION :

À la base, c'était lui le gentil
de Ramsès Kefi

La part du chien
d'Aurélie Champagne

Mais qui a piqué Valérie ?
de Pierre Carrey

À PARAÎTRE :

À la terre **(titre provisoire)**
de Marin Fouqué

Directrice de collection : Elsa Fayner
Directeur artistique : Christophe Alexandre
Édition : Arthur Frayer-Laleix
Relecture : Sarah Ahnou
Dessin de couverture : Julie Liger-Belair

Imprimé en France par Dupliprint Mayenne
53 100 Mayenne
ISBN : 978-2-35638-180-4